IL TAMBURO
DI FUOCO

DRAMMA AFRICANO

DI CALORE, COLORE, RUMORI, ODORI

F. T. MARINETTI

MIEI CARI FISCHIATORI DI IERI,

VI OFFRO QUESTO

TAMBURO DI FUOCO

DA VOI APPLAUDITO ORA

A PISA, LIVORNO, SIENA, LUCCA,

FIRENZE, MILANO.

VOLLI IMPORRE LA DRAMMATIZZAZIONE LIRICA

DEL RUMORE SULLA SCENA

MEDIANTE IMMAGINI, MUSICHE, LUCI

E GL'INTONARUMORI DI LUIGI RUSSOLO.

NON POTEVO RAGGIUNGERE LO SCOPO

CON UN DRAMMA SINTETICO.

SCRISSI DUNQUE QUESTO DRAMMA IMPRESSIONISTA

CON RELATIVO SVILUPPO TEATRALE.

NESSUNA CONCESSIONE

AI VOSTRI GUSTI TRADIZIONALI!

AVRETE PROSSIMAMENTE

NUOVE SINTESI TEATRALI

ULTRAFUTURISTE!

F. T. M.

PERSONAGGI

KABANGO,

Capotribù e legislatore

MABIMA,

figlia del Capotribù Nicassa

BAGAMOIO,

Ufficiale di Kabango

LANZIRICA,

Poeta, medico e feticciere

Feticcieri, Danzatori negri, Danzatrici negre, Folla.

L'azione si svolge nell'Africa Equatoriale, epoca presente.

ATTO I.

IL CIMITERO DELLE CAROVANE

TONO DOMINANTE: ARANCIONE

Intonarumori: Sibilatori e Ululatori

Peso — angoscia del sole — destino sulle strade appassionate della vita. Lieve avvallamento fra due dune. Atmosfera tropicale abbacinante. Crepitazione di fucileria lontana. Kabango balza in scena da sinistra, come se fosse inseguito. Alto, atletico capo africano (scecchia rossa con fiocco nero, barracano, fucile ad armacollo). Preoccupatissimo, esplora l'orizzonte a destra e a sinistra, poi si butta a terra, e striscia carponi verso la cresta della duna in fondo alla scena.

Entra lentamente, pure da sinistra, Mabima, bruna, flessuosa, semicoperta dal suo burnus bianco lacerato, haik azzurro, spilloni, medagliette e grandi orecchini d'argento. Tatuaggi azzurri sulla fronte e sulle mani. Pesanti anelli alle caviglie.

Bagamoio e Lanzirica, il cui abbigliamento è simile a quello di Kabango, ma meno ricco, sorreggono Mabima.

Kabango

carponi, continuando ad esplorare il fondo della scena, indica col braccio sinistro un punto dietro di sè.

Coricate Mabima qui dietro di me.

Mabima

con un filo di voce.

Non ti curare di me, Kabango! Ho ancora molta forza. Se vuoi, camminerò.

Lanzirica

No, no, credimi, Kabango: bisogna fermarsi. Mabima è sfinita. Sembra debba svenire da un momento all'altro. Ha le mani insanguinate! Anche la bocca cola sangue.

Bagamoio

Non è nulla. È il sangue di quelle canaglie che volevano tenerla prigioniera! Mabima ha saputo difendersi con le unghie, coi denti.

Bagamoio e Lanzirica adagiano Mabima sulla sabbia.

Kabango

Bagamoio, guarda attentamente. Non vedi nulla, dietro a quei cactus?

Bagamoio

No, dietro a quei cactus non c'è nulla. Speri di ritrovare la tua scorta di cavalli e di muli? Non vedo nulla. I nostri nemici hanno certo perdute le nostre tracce. Sono ormai lontani, dietro alla terza duna.

Lanzirica

accovacciato vicino a Mabima.

Presto, presto, Bagamoio!... Corri al pozzo, laggiù... Mabima muore.

Bagamoio

uscendo da destra.

Corro al pozzo, ma, per Allah, Kabango, non alzarti in piedi! Possono vederti e ucciderti con una fucilata. Hanno buoni fucili e frecce insradicabili avvelenate!

Kabango

tendendo il pugno verso il fondo della scena.

Impostori! Vigliacchi! Traditori! Mi avete imposto il disonore di fuggire! Per la prima volta, ho conosciuto l'orrore della fuga! Da solo, da solo, vi saprei affrontare tutti! E vincere tutti col mio solo fucile contro tutti i vostri fucili!

Mordendosi le mani con rabbia.

Se non avessi avuto il Sinrun da salvare!... Non l'avranno! Lo porterò a mio fratello. Con lui, compirò la mia grande opera. Eppure, malgrado tutti i miei ragionamenti, non so spiegarmi l'ignobile tradimento! Coloro che mi hanno tradito, mi debbono tutto: intelligenza, forza, fede, onori!

Dopo un silenzio.

Del resto, avevo preveduto tutto ciò! Ho favorito tutto ciò.

Lanzirica

Se sapevi che ciò era male, perchè l'hai favorito?

Kabango

Il male è necessario quanto il bene. Lo sviluppo del Male esercita la forza del Bene.

Lanzirica

Hai dunque sempre saputo distinguere il Male dal Bene?

Kabango

No. Talvolta il Bene è il vestito della Debolezza e il Male il vestito della Forza. Talvolta si scambiano i vestiti. Spesso Male e Bene si intrecciano e si confondono come i rumori umani, i rumori animali e i rumori vegetali in una foresta buia. Ma l'orecchio si esercita nel distinguerli. Così la coscienza si esercita nel distinguere il Male dal Bene. Forse la coscienza altro non è che una luce in lotta contro questi due lottatori bui. La lotta è la grande matrice indispensabile. Senza questa rivolta, il mio coraggio sarebbe caduto. Alcuni si rivoltano per precisare la loro potenza individuale. La loro rivolta è una potenza partorita dalla mia potenza. I migliori, però, quelli che mi furono collaboratori e non seguaci sono fermi nella loro fedeltà al Sinrun! Questi sono ora nell'Oasi di mio fratello, a cinque giornate di cammello.

Voltandosi di scatto.

Lanzirica! Il respiro di Mabima mi tortura. Non è un respiro: è un rantolo di agonia. Difendila dal sole! Con l'ombra del tuo corpo ritto davanti a lei!

Chinandosi tre volte, tocca tre volte la terra con la palma destra aperta, poi l'alza al cielo.

Sole! Sole feroce! Ti ho sempre amato e venerato! Ho sempre glorificato le tue sovrane leggi di calore e di luce. Perchè dunque hai schierate in cielo contro di me tante lance infilzanti e tante baionette spietate?... Vuoi dilaniare il corpo fragile di Mabima? Frena il tuo gioco rabbioso! Vuoi vendicarti? E di che? Chi mai ha osato disconoscere la tua sovranità? Vuoi divertire la tua insonnia ardente? Vuoi misurare la tua forza? Su così fragili vittime? Pietà! Pietà per Mabima!

Poi scorgendo Lanzirica inginocchiato accanto a Mabima e prono amorosamente sul suo viso, scatta.

Cosa fai Lanzirica? Scòstati. Lasciala respirare.

Lanzirica

Kabango, vorrei difenderla da questa furia di lingue infuocate!

Kabango

inginocchiandosi vicino a Mabima.

Mabima, non abbandonarti al sonno! Aggràppati alla vita! Vedo la Morte curvare su di te l'antichissimo suo dorso di fumo violaceo! Sono forse allucinato? Il sole mi scaraventa attraverso il cervello palate di lava. Non un lembo d'ombra in tutto il deserto!

Bagamoio

entrando velocemente da destra, mentre riprende la fucileria lontana.

Il pozzo ha dimenticato da molto tempo l'acqua. Pompa l'aria come la bocca d'un corridore affannato. Ho voluto guardare in fondo. Per poco non scivolai nella strozza vorace. Mi sembrava di cuocere come un pane in un forno rovente. Certo mi hanno visto, poichè ho sentito fischiare le palle sulla testa. Kabango, resta curvo a terra! Ti colpiranno!

Kabango

appiattandosi con Bagamoio, con la faccia rivolta verso il fondo.

Ti sbagli. Essi non tirano su di noi.

Bagamoio

Sì, sì, padrone... Senti questi colpi a destra. Ora a sinistra. Hanno ritrovate le nostre tracce. Vogliono accerchiarci. Si sono messi in molti per darci la caccia! Sei una preda importante, ma pericolosa. Guarda i nugoli di sabbia che la loro corsa solleva!

Kabango

No, no, ti sbagli, Bagamoio. Laggiù vi sono dei nugoli di cavallette... E, a destra, il vento del Sud che solleva la sabbia e la trasforma in rossi fantasmi veloci... I nostri nemici non hanno ritrovate le nostre tracce, altrimenti non sparerebbero così all'impazzata. Si sparano l'uno contro l'altro, quei bruti! Gli abitanti di Bembe combattono contro gli abitanti di Engoge. E io che avevo sperato di pacificare le loro vecchie discordie! Si contendono a fucilate il Sinrun, prima di averlo rubato. Nicassa è feroce, anche coraggioso, ma cretino. Cosa mai spera di fare, col Sinrun?

Bagamoio

Nicassa è ambizioso e cocciuto. Tu gli davi ombra.

Kabango

Ora si batte contro Lungebungo, che è vile, ma furbissimo. Sarà un osso duro, per Nicassa! E dire che ho insegnato io, io, l'arte della guerra a Lungebungo!

Bagamoio

ironicamente.

Speravi di farne il direttore dei tuoi laghi montani!... Padrone! Padrone! Permettimi di parlarti a cuore aperto.

Kabango

Vedo nei tuoi occhi mille rimproveri. Parla! Parla!

Bagamoio

Perchè, perchè, dimmi, non uccidesti Nicassa e Lungebungo?

Kabango

Non si può uccidere ciò che si nutrì col proprio cervello.

Bagamoio

Dovevi almeno incatenarli tutti, e, dopo averli incatenati, inculcar loro la gratitudine. A pugni e a mazzate!

Kabango

Tu dimentichi che Nicassa è il padre di Mabima.

Bagamoio

Per questo io l'avrei ucciso. Tutto sarebbe stato semplificato. Nicassa è colpevole di averti rifiutata sua figlia senza ragione.

Kabango

Voleva darla in sposa a Lungebungo che era disposto a comperarla a qualsiasi prezzo.

Bagamoio

Ciò era assurdo, date le teorie di Nicassa sulla redenzione della donna africana; tanto più che Mabima non ha mai amato nè stimato Lungebungo.

Kabango

Ne sei sicuro?

Bagamoio

Sì.

Kabango

Allora dimmi, chi è l'uomo che Mabima ama?

Bagamoio

Non lo so.

Kabango

Non lo sai?

Bagamoio

Non lo so. Te lo giuro.

Kabango

Certo questo uomo ora mi è nemico. È lui che mi accusa di avere rapito Mabima. Io non ho rapito Mabima, tu lo sai! Mabima che ha sempre goduto una piena libertà concessale da suo padre, ha liberamente deciso di unirsi a me!... Poco importa. Io amo Mabima e saprò farmi amare da lei. Colui che possiede il Sinrun, possiede il cuore di tutte le donne. Questa rivolta è non di meno molto misteriosa. Perchè mi odiano? Cosa mi invidiano? Il Sinrun o Mabima?

Bagamoio

L'uno e l'altra. Però nessuno di loro saprebbe utilizzare il Sinrun o amare Mabima.

Kabango

I deboli si vendicano della loro debolezza. È la legge.

Bagamoio

Ma tu li credevi forti e grandi...

Kabango

No. Li avevo valutati. Speravo di rinforzare la loro anima. Speravo d'ingigantirli. Però non li credetti mai capaci di tanta abiezione.

Bagamoio

Ti avevo avvertito a tempo! Appena il cannone del Ramadan ebbe annunziato la fine del digiuno, i capi di Bembe e di Engoge entrarono in casa tua fingendo una fame insaziabile. Io subito compresi i loro loschi propositi! Perchè mai avevano condotto con loro tanti indovini, tante fattucchiere e tanti incantatori di serpenti? Si gonfiavano di manioca e di liquerizia, addentavano enormi ananassi con la ghiottoneria degli elefanti. Appena io mi accostavo, essi tacevano, o, col naso in aria, fingevano di sorvegliare il volo delle gru. Altri si affaccendavano a scambiare cristalli, sbarre d'ottone, specchi, e che so io... Gli schiavi preparavano fucili a trappola, con galline attaccate alla canna! Volli avvicinarmi a te, ma il feticciere Goko mi tratteneva, insistendo perchè ti tagliassi tre ciuffi di cappelli e due unghie! Esigeva tutto ciò (in custodia) per proteggere il tuo viaggio. Io ho ingiuriato quell'impostore! Tu, invece, ti sei prestato alle sue stregonerie. Soffrivo nel vederti attento mentre egli offriva delle banane agli spiriti, svegliandoli col fragore dei vasi di rame. Tutta quell'agitazione era preparata da Nicassa per mascherare il tradimento. Io ti ho avvertito. Ma tu non mi ascolti mai.

Kabango

No! No! Ti ascolto.

Bagamoio

Tutti parlavano della bellezza incantevole di Mabima. I capi dei duar e i marabutti sussurravano cose infami su di lei.

Kabango

Spiegami. Parla. Che cosa dicevano?

Bagamoio

Dicevano che ti aveva ormai conquistato, anima, cervello, muscoli, nella fitta rete dei suoi fascini, e che eri ormai stregato da lei e perduto per il Sinrun.

Kabango

E tu hai potuto credere?...

Bagamoio

Non l'ho creduto. Credo soltanto in te. Ma tutti erano persuasi che l'ora era venuta per ingannarti, vincerti, derubarti.

Kabango

Sono tutti cranii senza luce. Non compresero nè me, nè Mabima. Amo Mabima, ma non ho mai perduto il dominio di me stesso. Certo, ho molto tardato a convincermi di essere tradito. Come potevo mai pensare che la mia volontà d'imporre il Sinrun raccogliesse tanti odî? Fingevano di amare le mie idee, mentre sognavano di distruggerle. Io ho insegnato ai popoli africani la lavorazione del ferro, l'uso della bussola, del sestante, del barometro, del solfato di chinino, del laudano, della canfora. Essi mi devono, Bagamoio, una gratitudine eterna.

Bagamoio

Ma tu hai osato strappare dal collo dei bambini il magico pezzo di cordone ombellicale con cui le madri li proteggono dalle malattie!

Ho veduto fra i tuoi nemici il feticciere Goko! Ti odia. È audacissimo. Goko agitava un feticcio sulla testa mentre lo bersagliavo sulla duna.

Kabango

Goko è un impostore e tu sei l'unico negro che non ha mai mentito.

Bagamoio

Non ho bisogno di mentire!

Mostrando il suo braccio muscoloso.

Kabango

Non credi che alla forza? Approvi dunque i negri che abbandonano alle belve i malati, i deboli, gli orfani, i vecchi e gli schiavi inutili?...

Bagamoio.

titubante.

Sono questi gli insegnamenti di molti feticcieri.

Kabango

Tu credi ai feticcieri?

Bagamoio

Sono i deboli e gli scaltri, che hanno inventato i feticci.

Kabango

Spesso avviene così. Non sempre. Vi sono forze inspiegabili chiuse in parole e gesti magici.

Bagamoio

Non comprendo. Kabango, lasciami credere nella forza, soltanto nella forza! Credo in te perchè sai vincere. Tu non sei come noi, privo d'immaginazione. Sai creare dietro la tua fronte delle altre Afriche più belle dell'Africa! Sei un Dio.

Kabango

E se fossi vinto, ucciso?

Bagamoio

Crederei nel tuo nome e nel ricordo di te.

Kabango

Dunque tutto non muore con noi. Ciò che rimane è precisamente una di queste forze misteriose, che diventano feticci.

Bagamoio

Se tu avessi voluto, non saresti assalito oggi dai tuoi nemici. Perchè sei stato generoso con loro?

Kabango

Volevo sollevare i negri al disopra della forza brutale e della paura. Ma essi ripiombano giù, nel buio della materia.

Bagamoio

Volevi sollevarli al disopra delle tradizioni?

Kabango

No. Molte tradizioni sono buone. Bisogna perfezionarle. Rispetto la poligamia, benchè io sia monogamo. Credo nella forza benefica delle corna di antilope, dei denti di leone e delle penne di gallo. Ma combatto l'antropofagia e le immolazioni umane. Sono l'amico dei rabbini, dei sacerdoti buddisti e dei preti greci.

Una pausa.

Bagamoio, il Sinrun contiene la felicità dell'Africa: le formule magiche delle acque da imprigionare e liberare alternativamente, i segreti delle piante, dei fiori e dei frutti, i progetti dei laghi montani, delle ferrovie transdesertiche e delle oasi da sviluppare. La mia concezione è forte, chiara, pratica. Nè odio, nè amore per l'Europa! Conoscerla, come la conosco io! Utilizzarne la scienza per sbarazzarsene domani, superandola. La xenofobia è barbarie. Si riduce ad una cultura intensiva di tubercolosi, lebbra, sifilide e tracoma. Lungebungo era d'accordo con me su tutto ciò, quando studiavamo insieme a Tombuctu.

Bagamoio

Come potevi fidarti di quel fascio di gesti e sguardi falsi?

Kabango

Fino a ieri Lungebungo mi fu fedele, ed era il migliore amico di Lanzirica, che come vedi non mi ha mai abbandonato.

Con impeto, a Bagamoio.

Non ti fidi di Lanzirica? Cosa sospetti?

Bagamoio

Non ho sospetti. Veglio su te,... nessuno più ti tradirà. Nessuno.

Lanzirica

copre il viso di Mabima addormentata, con uno de' suoi veli azzurri, poi si alza cautamente e si avvicina a Kabango.

Kabango, Mabima è addormentata. Ma guarda, come respira affannosamente. Sembra strangolata dal sole! L'aria è una lana rovente! Il sole trapana il cranio! Anche le nostre voci sono schiacciate dal peso della luce. Il cielo è un blocco di silenzio incandescente! Non si odono che i nostri fiati!

Lunga pausa.

Povere ciglia di Mabima, bruciate dalla sabbia!... Mabima soffoca... muore!... Bisognerebbe cercare qualche metro d'ombra sotto i cactus. Temo per lei questo fetore che si avventa alla gola. Ci sono lì tre cadaveri di cammellieri, e gli ossami dei loro cammelli. Il sole è inesorabile. Ha fulminato tutti coloro che si sono accampati in questo avvallamento. Quei roccioni perpendicolari esasperano la furente pazzia del calore. Fissali, se puoi, e vedrai sulle loro pareti abbaglianti due mostruose bocche segate da enormi diamanti che ridono. Queste ondulazioni coprono un lurido carname... La sabbia ha i luccicori d'un drappo funerario tessuto d'argento... Sono però vermi e non fili d'argento!

Kabango

Tranquillizzati, quei vermi non ci mangeranno.

Bagamoio

Ora mi spiego questo strano odore aspro, amaro e dolciastro. Fra quei cadaveri e quelle carcasse, vi sono dei carichi di pelli, spezie, spugne, tabacco, che cuociono sotto la sabbia.

Kabango

Questa non è luce, ma la lava di un vulcano che straripa in cielo. Abbiamo sotto i piedi della bragia.

Bagamoio

Più di sessanta gradi!

Lanzirica

Mi ricordo di essere passato di qui molti anni fa. Sì! Questo è il famoso cimitero delle carovane. Quei roccioni abbaglianti hanno un nome tragico: gli Specchi della morte! L'avvallamento non conduce a nulla. Il vento che lo scava e lo livella illude le carovane. Tutte quelle che furono illuse non avranno più altre illusioni.

Kabango

Io non sono una carovana. Sono Kabango, forte, tenace, pronto. Ci fermeremo qui poche ore, poi con slancio riprenderemo la strada del deserto. Non temo questo fetore; anzi mi frusta il sangue e mi toglie il sonno.

Lanzirica

Ma il tuo viso rivela una stanchezza mortale. Sono trenta ore che tu cammini. Il tuo cuore finirà per spezzarsi.

Kabango

Hai forse ragione. Ho bisogno di rifocillarmi. Bagamoio, che cos'hai nella tua galabieh gonfia?

Bagamoio

Un pezzo d'agnello e un po' di pane.

Kabango

Dammi.

Divide il pane e il pezzo d'agnello; poi, ricordandosi di Mabima, riconsegna tutto a Bagamoio.

No; io posso resistere. Dà a Mabima, e mangiate anche voi.

Lanzirica

Comprendo, Kabango. Non hai fame. Ti nutri della tua idea. Che Allah ti risparmi nuove delusioni! I popoli africani non meritano il tuo sacrificio.

Kabango

Nessuno merita nulla, e il Sinrun è per coloro che non lo meritano! Ora non lo comprendono, ma lo comprenderanno! Lo odiano, ma lo ameranno! Sono ciechi, ma vedranno! Il Sinrun può tutto. Sento la sua forza benefica qui nel petto. Che gioia! Non me lo hanno rubato! Ci sono tutte, tutte, le pelli scritte. Contiamole... Sono ventidue.

Lanzirica

Ti aiuterò. Le prime undici sono le più importanti. In quanto alle altre undici...

scetticamente

lo sono molto meno.

Kabango

No, no, non è vero, ciò che dici. Queste undici pelli scritte sono ugualmente importanti! Hai poca fede, Lanzirica. Sei uno scettico avvelenato dall'abitudine della negazione.

Rivolgendosi a Bagamoio.

Contiamo e verifichiamo tutte le pelli.

Mentre contano e verificano, Lanzirica si alza e va ad inginocchiarsi vicino a Mabima. Dispone meglio il velo sul suo viso e rimane estatico a contemplarla.

Mabima

si sveglia, si stira languidamente, poi scattando in piedi come invasa dal delirio della febbre, la schiena incurvata, le braccia tese verso il fondo della scena.

Ecco, ecco! Vedo l'oasi di mio padre! Le sue case abbracciate dalle palme!...

Lanzirica

Kabango, non vedi nulla all'orizzonte?

Kabango

avvicinandosi con Bagamoio.

Sì, vedo le solite apparenze illusorie... la curva verde d'una oasi... palme e bambù...

Lanzirica

Sì! Sì!

Bagamoio

sforzandosi di vincere la sua angoscia con una risata artificiale.

Talvolta il deserto vomita le cose vive che ha ingoiate: oasi, città, carovane... Il deserto è uno stregone pericoloso.

Kabango

Non sono stregonerie. Il sole combina un gioco di specchi coi vapori caldi del deserto.

Mabima

delirando.

Ora cammino fra le palme. Questo è il giorno delle mie nozze. Ma chi mi sposerà? Quanto sono belli i doni del poeta di Fusah! Venti ghirbe piene di essenza di rosa! Le schiave di mia madre mi salutano... Ognuna ha un anello di ottone infilato nella narice destra. La prima mi offre un otre colmo di burro, la seconda una zucca ripiena di miele. Vedo mio padre fra loro... Ma che strano turbante! Porta bellicosamente attorcigliato, di sghembo, intorno alla fronte e alla nuca, un vero serpente... Orrore!... No! No! È un serpente di velo verde!... Grazie, padre, per gli amuleti di cuoio che mi hai dati! Contengono ricette contro le malattie... Ma, padre mio, perchè non mi difendi? Non vedi come mi insegue dovunque? So che mi ama, ma io non l'amo più! Non voglio essere sua! No, no, non baciarmi!

Mentre Mabima parla così delirando, Kabango, Bagamoio e Lanzirica la circondano agitati dal doppio desiderio angoscioso di ascoltare le sue parole e di interrompere la sua visione delirante.

Bagamoio

scuotendo per un braccio Mabima.

Mabima! Mabima!

Kabango

trattenendo Bagamoio.

Perchè l'interrompi? Cosa temi?

Bagamoio

Nulla, nulla. So che le donne parlano troppo nel delirio e dicono menzogne indimenticabili.

Kabango

Chi è il poeta di Fusah?

Bagamoio

Non so.

Kabango

E tu Lanzirica? Tu che sei poeta conosci certamente il poeta di Fusah!

Lanzirica

Non lo conosco.

Si pone sulla bocca un lembo del suo barracano per dimostrare che non ha più nulla da dire.

Mabima

ripresa dal delirio mentre i tre uomini si accovacciano nella sabbia intorno a lei a capo chino.

Venite! Venite, amiche mie!... Intrecciate i miei capelli con belle perle Babteros, bianche, azzurre, e anche rosse... Perchè gridano tanto quelle nubiane ubriacone? Sono brutte brutte, coi loro luridi capelli crespi! Tintinnano i loro anelli di rame sulle gambe. Hanno una cintura di grigri verdi ai fianchi; fanno scricchiolare il quadrato di pelle di gazzella che pende fra le loro cosce spalmate d'olio di palma e tinte di carminio. Come sono sudice! Cacciale via, Kabango!

Lunga pausa.

Chi ha ordinato agli schiavi di correre nei giardini? Agitano dei bastoni che hanno in cima filacce vegetali, per pigliare gli insetti commestibili. Non li voglio mangiare! No! No! No!... Ah! finalmente respiro! Sono con mio padre e col poeta di Fusah in una lunga piroga... sul fiume Akbar tutto ombroso... Il dolce poeta mi parla d'amore, ma io non l'ascolto! Guardo i ponti di liane sospese e i banchi mobili di erbe tanto spesse che i bambini negri vi navigano sopra, giocando. Si tuffano... Che delizia!... Sulla riva, i calafati negri rattoppano le barche con la gomma di copale bollente... quando si scottano, nitriscono come cavalli... Ora mi ingiuriano! Perchè? Perchè?

Mabima barcolla e cade nelle braccia di Lanzirica.

Lanzirica

Non tremare, Mabima. Qui siamo al sicuro.

Mabima

Grazie, Lanzirica. Non dimenticherò mai le tue cure per me.

Si abbandona sulla sabbia e si assopisce.

Lanzirica

Kabango, io credo opportuno svegliarla per riprendere la marcia al più presto.

Avvicinandosi, con tono autoritario.

Bagamoio

No, no; Mabima deve riposare. È affranta dalla stanchezza. Non toccarla.

Lanzirica

Ti dichiaro invece che questo sonno sotto il sole può ucciderla. Bisogna svegliarla.

Bagamoio

Non svegliarla.

Lanzirica

Chi ti ha dato il permesso di parlarmi con questo tono? Tu non sei nato per comandare, nè per decidere. Sei un servo ignorante.

Bagamoio

Sono il servo di Kabango, ignorante ma fedele. Non conosco le scritture, ma conosco bene le strade del deserto. Tu sei un effeminato, buono a comporre musiche e canzoni. Non sai nè la vita, nè la guerra, nè la fedeltà...

Avventandosi contro Lanzirica.

Se tu svegli Mabima, ti spacco la testa col calcio del mio fucile.

Lanzirica

allontanandosi.

Hai il cervello d'un bue selvaggio.

Kabango

Non voglio liti fra di voi. Bagamoio ha ragione. Occorre che Mabima si riposi perchè possa riprendere la strada del deserto.

Lanzirica

Kabango, Kabango, permetti che ti dia un consiglio. Mabima è sfinita dalla stanchezza. Non potrà riprendere la marcia! Qui a destra una pista di elefanti conduce alla Foresta. È una foresta profonda, abitata da una tribù mite: i Giuma. È piena d'acque fresche e di frutta succose, tutta chiusa da immani grovigli di cactus e di agavi. Non si può entrare nella foresta che per il varco aperto dagli elefanti. Serpenti e demonî custodiscono il varco. Ma io so placare i demonî e guarire le più velenose morsicature. So anche incantare i serpenti col mio flauto di canna.

Kabango

No, Lanzirica, non voglio nè posso deviare. La grande strada del deserto sola può condurmi da mio fratello.

Lunga pausa.

Lanzirica

Sei sicuro di ritrovare la buona strada?... Le strade del deserto sono perfide. Si annodano e si snodano come le linee del destino nella palma della mano... Vi sono strade ondulose appena tracciate sulla sabbia, come la fedeltà sulla carne di una donna... Altre strade sono scavate nel granito, ma tronche come rimorsi. Coloro che le scavarono caddero prima di compierle. Senza ragione, sfociano nell'oceano indecifrabile delle sabbie... Vi sono strade cedevoli che succhiano i passi... Altre resistono dure e fanno crepitare i loro sterpi combustibili sotto i passi. Strepitano, vorrebbero screpolarsi come le vôlte dei palazzi sotterranei gonfi di musiche... Talvolta, nei meriggi massacranti, i carovanieri terrorizzati dal silenzio sognano di scavare, scavare per bere il miele delle musiche che cantano nel cuore della terra.

Bagamoio

con una risata piena di scherno.

Lamentatrice funebre!... Risparmia i tuoi singhiozzi. Non posseggo neanche una rupia per pagarteli.

Lanzirica

sprezzante.

Gli asini godono di riposare nella sabbia le loro zampe piagate. Gli asini non sanno che la sabbia è una femmina! Come una femmina invita con milioni di sguardi a tuffarsi nel suo seno a capofitto... Però le strade dure del deserto sono più pericolose. Sostengono il viandante perpendicolare, e ciò offende il sole che non a lungo concede di camminargli sotto a testa alta. Brutalmente ti schiaffeggia, azzanna, acceca. Subito, un torbido vino infernale ti invade gli occhi e ti affumica il cervello. E giù, eccoti scaraventato a terra, nell'unica posa che ti è permessa, orizzontale. Riposati, ti urla il Sole, o uomo affannato! Se ti sei tanto affaticato, fu certo per aumentare il godimento del tuo riposo!... Silenzio. Immobilità. Destino. Credimi, Kabango, ogni strada del deserto conduce a un pozzo arido, orlato di cadaveri.

Bagamoio

coi pugni tesi contro Lanzirica.

Tu menti come una prostituta piena di lue! Non ascoltarlo, Kabango! Turati le orecchie, Mabima! Le strade che Lanzirica descrive sono le strade del suo cuore. Lanzirica non ha muscoli, nè coraggio. Il suo corpo ha il terrore delle grandi strade fortunose del deserto. Io non seguo le strade; le prendo. Sono mie. Escono da me. Via, di slancio! Scivolare. Rimbalzare. Non premere sulla sabbia. Leggerezza. Lunghi scatti veloci. Come una pietra piatta sulla cresta delle onde. Mirabile astuzia dei miei garretti. Ogni mio muscolo è una strada arrotolata che io snodo a volontà. Sono un corridore che crea le sue strade. Questa la voglio elastica come la mia coscia. Quest'altra tesa, metallica, come i miei tendini. Forse si confonde lontano con una pista di leoni. Poichè sono un cacciatore instancabile! Non imploro, nè vedo i pozzi disseccati. Se mi fermo subito, io annodo sul polpaccio un serpente assopito perchè la mia sosta sia breve e vigilante. Bevo ogni tanto al pozzo del mio cuore colmo di coraggio. Credimi, Kabango, quei cammellieri erano tutti simili a Lanzirica. Trascinavano la loro viltà sulle strade. Irritatissime, queste si rivoltarono come serpi sulle gambe-zampe della carovana, e le tennero ferme sotto i veloci pugnali del sole.

Kabango

Certo non seppero volere. Dunque meritavano il canto funerario che le mosche ronzano su di loro.

Bagamoio

a Lanzirica.

Io cammino cantando, e tiro fuori da me strade, strade e strade, che allungo, accorcio, a capriccio.

Lanzirica

ironico.

Parlano così tutte le carovane partendo, ma presto le strade del deserto si sfrangiano, muoiono in un velo d'impronte illusorie. E il vento del Sud seppellisce cammelli e cammellieri sotto le sue volanti palate di sabbia infuocata.

3 Sibilatori e 3 Ululatori.

Guarda quelle spirali rosse! L'immancabile becchino delle carovane sopraggiunge.

Certo quei cammellieri morti impazzirono di vento rosso prima di morire, come noi! Si erano nutriti di sabbia come noi!...

Bagamoio

Oggi, a Bembe, si dà la caccia agli scorpioni neri nelle case, sotto le stuoie, e si rafforzano i muri contro il vento.

Kabango

Vi è sempre uno scorpione che nessuno prevedeva.

Lanzirica

Quelle nuvole striate di zolfo che corrono all'orizzonte sono figlie del Simun. È lui che straccia in cielo quelle tende di negri. Tutto danza! Le dune sono prese dal delirio. Si scavano convulsivamente come il ventre di una ballerina bruciata dal desiderio, che invoca il maschio.

6 Sibilatori e 6 Ululatori.

Maledetto vento, ladro di cammelli e di tende!... Povere palme torturate della mia oasi lontana! Certo la sabbia è già salita alla gola degli alberi e li soffoca...

Una pausa.

Guardate come smania Mabima! Sembra quasi ebbra!

Bagamoio

Òccupati di te, che sei più floscio di lei. Se temi d'ingoiare la sabbia, chiudi la bocca una buona volta, femmina! Ho i capelli incipriati di sabbia. Ti piaccio? Mi vuoi come tuo poeta o tuo sposo?

Sghignazzando.

Mabima

agitatissima.

Kabango! Kabango! Lasciati guidare nella foresta! Se ci fermiamo, il sole e la sabbia ci divoreranno! Ma se il tuo destino è di proseguire nel deserto, baciami e va.

Kabango

abbracciando Mabima.

Grazie, grazie, Mabima! Bacio i tuoi piedi eroici che hanno voluto seguirmi fin qui, benchè non vi siano che morte e dolore dove vado io. Hai abbandonato tutto e tutti per me. Hai sputato sul viso dei miei nemici, che ti offrivano la vita e la gioia. Hai morsicate le mani che volevano strapparti a me. Hai lottato senza tremare!

Mabima

Sono una piccola donna fragile. Ho tremato, dubitato, ho il rimorso di mille debolezze, ma ora, credimi, sono forte e degna di te. Preferirei vivere col tuo cadavere, piuttosto che coi tuoi nemici vivi. Il tuo cadavere avrà più vita, più passione, più tenerezza per me, che tutti gli uomini della terra. Sento che per me si coprirà di pupille ardenti e di bocche amorose! Ma tu non morrai. Ti sento vivo e forte più che mai. Il profumo bruciante del tuo corpo mi inebria. Baciami, Kabango. Sulla bocca, così! Dammi la tua forza. Temo di svenire. Scivolo giù in un torpore soave. Scendo forse nella morte. Baciami, Kabango. Se non mi baci, mi stacco dalla vita e cado... muoio...

Lanzirica

Mabima muore! Mabima muore!

2 Sibilatori e 2 Ululatori.

Kabango

No, no, non devi morire, Mabima! Apri gli occhi! Guardami! Bevi la mia forza nel mio sguardo! Bevi la mia forza nel mio bacio! Raduna tutta, tutta la tua volontà! Non cedere al sonno. Bagamoio, sorreggila. Lanzirica, dove è la pista? Guidaci.

Bagamoio

Kabango, non andare nella foresta! Salva il Sinrun!

Lanzirica

Bisogna trovare la pista degli elefanti prima che il vento rosso sia sopra di noi! Ecco! Ecco la pista! Queste sono impronte di elefanti. Vedi, ognuna è larga quanto tre impronte di cavallo riunite!

poi, scrutando l'orizzonte.

Kabango, è troppo tardi, bùttati a terra! copri il viso di Mabima. Il vento rosso! Il vento rosso!

Bagamoio rimane ritto nel vortice di sabbia che passa. Kabango, dopo essere rimasto per pochi istanti bocconi, riparando sotto di sè Mabima, si rialza reggendola fra le braccia e riprende curvo la marcia dietro a Lanzirica, pure curvo, e seguìto da Bagamoio.

8 Sibilatori e 8 Ululatori.

Intermezzo musicale che descrive la marcia verso la Foresta, dall'arancione rovente del deserto al verde umido della Foresta.

ATTO II

LA FORESTA DEI SERPENTI

29

TONO DOMINANTE: VERDE INQUIETO

Intonarumori: Ronzatori, Gorgogliatori,

Rombatori, Gracidatori, Frusciatori,Ululatori.

Intreccio voluttuoso e perfido di rami riflessi, sogni e corpi vivi. Folto verde della Foresta dei Serpenti. Vicino alla ribalta, una capanna cubica di stuoie e bambù. A destra della capanna, intrichi di liane, agavi, acacie e cactus sembrano soffocare e strangolare una casa abbandonata. Brusio d'insetti, sibili di serpenti e gorgogliare di fontane. Davanti all'apertura della capanna, Mabima è sdraiata su un tappeto di lana verde. Languidamente si pettina i capelli, cantando. Nel fondo della scena, a destra, Lanzirica nutre di foglie un grande fuoco; poi, non visto da Mabima, si avanza verso l'apertura della capanna carponi, timoroso e magnetizzato. Si ferma per spiare Bagamoio, che nel fondo della scena, a sinistra, si strofina accuratamente le cosce e le gambe con dei fasci d'erbe.

Mabima

canta.

I rami della palma

sono mani nere che lavano

le sabbie aurifere del cielo

e nel lento lavoro appare

l'oro tremante della luna.

Il vento fa roteare

i rami della palma

come una fionda nera

per scagliare la pietra tagliente della luna

contro il cuore distratto del mare.

Quando il vento tace,

le agavi innalzano

i loro candelabri d'oro,

e la luna li accende.

Quando il vento tace,

il mio cuore non ha pace.

Scorge ad un tratto Lanzirica, e getta un grido di paura.

Ah! sei tu, Lanzirica! Ho il terrore dei serpenti.

Lanzirica

Non temere. Ho acceso intorno dei roghi di zilah, il cui odore basta a fugare i serpenti. Povera Mabima! Costretta a vivere senza la tua fedele Fatima!

Mabima

Disgraziata! Come strillava! Non voleva abbandonarmi. L'avranno sgozzata!

Rimane pensosa.

Lanzirica

Vuoi che ti serva io? Ti ho portato molte cose buone. Ho assaggiato tutto. Un pezzo di antilope. Mangia. E anche questa è saporita. È la punta di una proboscide di elefante. So come fu cucinata dai Giuma. Anzitutto, essi scavano un buco e lo riempiono di legna accesa. Sei ore dopo, seppelliscono nella bragia del buco la proboscide. A me piace. Sembra lingua di bue selvaggio affumicata. Questo è piede di elefante. Pure saporitissimo. Una brocca di terra porosa piena di vino di palma e del montone.

Mabima

mangiando, divertita.

Quante cose buone! Questo è cervello d'ippopotamo.

Lanzirica

Sì; e questi sono pistacchi e mandorle abbrustoliti. Se vuoi, salgo sull'albero. Ho visto un regime di banane che porta almeno cinquanta frutti. Caccerò per te le anatre, i beccaccini e i galli selvatici.

Mabima

chiamando Bagamoio.

Bagamoio! Vieni a mangiare anche tu!

Bagamoio

avvicinandosi e prendendo un pezzo di carne.

Grazie. Mi basta. Io nutro il mio corpo a mio modo. Lo spalmo con le mie erbe.

Bagamoio, col fucile ad armacollo, si allontana nel buio della foresta.

Mabima

bevendo in una zucca il «malafù», vino di canna da zucchero.

Com'è buono, questo malafù! Lo voglio serbare per Kabango! Dov'è, Kabango?

Lanzirica

L'ho lasciato or ora, mentre discuteva coi capi Giuma. Dall'alba, egli visita le loro capanne di stoppia. Parla con tutti. Dà a tutti buoni consigli. Sono tutti ammalati. Molti, gravemente. Alcuni morranno questa notte. Sono divorati da una febbre tenace che resiste alle mie medicine. Ne ho curati due col succo dell'ipecacuana e della china. Ma sono troppi. Ed è vano tentare di guarire questa razza moribonda. Se tu li vedessi!...

Mabima

Li ho veduti questa mattina... magri, spettrali, curvi, camminavano lentamente sotto le volte basse dei fogliami... per spiarmi! Le donne sono più macilente degli uomini. Non hanno la forza di portare i loro bambini a cavalluccio!...

Lanzirica

Tristi spodestati sognano la loro bella città perduta.

Mabima

Quale città? Qui non vi sono che case di fango e rovine.

Lanzirica

Sono le rovine d'una meravigliosa città: Bab-el-Giuma. Ora sono molti anni, in un pesante meriggio i serpenti intensificarono in tal guisa i loro sibili musicali, da addormentare il popolo Giuma. Poi, intrecciandosi, fermarono il corso dei ruscelli. Questi, soffocati e otturati dalle liane e dai serpenti, straripparono allagando la foresta con putride e ronzanti colture d'insetti febbriferi. Una mortale febbre si propagò, emaciando e spremendo gli abitanti, che ebbero appena la forza di trascinare le loro gambe spente fuor dalle loro dimore. Allora, scivolando sui loro anelli i serpenti s'impadronirono della città abbandonata. Ieri vinsi l'acre odore di muffa, incenso, sterco e putredine per raggiungere la soglia della moschea. È circondata da acque così limpide che si può mirarne il letto di sabbia malgrado una profondità di cinque o sei stature umane. Vi sono alberi altissimi che la ombreggiano. Altri, abbattuti dalla folgore, mi servirono di passerella su quelle acque guardiane. La moschea ha una cupola a squame verdi, che sembra la parte rimpinzata del minareto, ritto serpente al quale si accoppia spesso un vero boa gigantesco attorcigliato. Dentro alla moschea, nell'arruffio delle stuoie sacre, migliaia di serpenti sibilano come cordami di navi strimpellati dalla bufera. Vi ho trovato i miei serpenti boa lunghi più di 6 metri e grossi quanto il mio braccio. Stanno bene in quelle nicchie piene di sorci! Matasse di serpenti-scudiscio, colubri, serpenti boicuoba, bogiobi, boge, boicingua, boide, boiga, boiquira. Una ventina di serpenti delle rose dalla pelle picchiettata di rosso corallo e molti serpenti a sonagli. Sembrano sciarpe di seta dipinta, foglie morte, cordami arrotolati, braccialetti di smeraldi e turchesi, cinture gemmate di ballerine, collane, ghirlande di fiori non mai visti, fughe di pesci azzurri. Hanno occhi di diamante nero, teste triangolari e teste in forma di cuore, odore di muschio, pelle di donna. Questo è ritto come un fiore sullo stelo. Quello ha una bocca senza labbra ma sensuale. E nari come punte d'ago, capaci di sentire l'odore del pensiero. Sognano tutti di diventare gli ornamenti della tua bellezza, Mabima!

Fui attaccato da un cobracapello come se fossi una scodella piena di latte. Ritto, gonfiava il suo cappuccio. Lo fermai col mio flauto: tre suoni acuti e tre modulazioni dolcissime. Lentamente si avvicinava. Quando fu a portata di mano, fulmineamente gli afferrai la testa e nella bocca aperta, con questa pinzetta, strappai i denti del veleno. Ho operato ugualmente questo biscobra che ti ho portato. È una pericolosa lucertola. La lingua ha due dardi dal veleno attivissimo. Ora è inoffensivo. Puoi prenderlo con le tue mani. Vorrei farti godere la velenosa orchestra dei serpenti che si intreccia con le preghiere melodiose delle fontane. Queste si lamentano di essere così sciupate. Ascolta, Mabima...

Rombatori, Gorgogliatori, Frusciatori, Ronzatori.

Tanto desiderio e tanta passione, per alimentare mosche febbrifere!... Ma in realtà sono liete. Cantano la tua bellezza. Come sei bella! Tutti te l'hanno detto. Tutte le foglie te lo bisbigliano.

Mabima

Le foglie parlano agli usignoli e i poeti parlano alle stelle. Non sono nè una stella, nè un usignolo.

Lanzirica

Sei la prima stella del cielo e il primo usignolo della foresta! Se ti cantassi le mille strofe che ho nel cuore per te, ne saresti appena distratta. Oppure, m'interromperesti, mormorando: «L'alito infocato del lontano deserto è giunto fin qui!» Mabima! Mabima! non è l'alito del deserto, che ti accarezza. Sono i centomila deserti divampanti delle mie vene, che fiatano passione su di te! Sei tragicamente bella, ma Kabango non ti vede! I suoi occhi potenti attraversano il tuo corpo come un cristallo, per contemplare dovunque il Sinrun. Tu meriti tutto l'amore del cielo e della terra, ma egli non t'ama!

Mabima

No! No! Tu menti. Kabango mi ama. Lo so. Ne sono sicura.

Lanzirica

Non sa amarti, poichè ti preferisce il Sinrun, cioè la sua ambizione. Oh! l'infinita pietà che sento per lui! Non vede, non vede, non vede che tu, soltanto tu, sei la divina frescura dissetante! Non ho più idee, quando ti respiro. Guardo te, amo te, ti preferisco a tutto, anche alla vita! Vuoi che io muoia per distrarti un istante? Se vivo ancora, credimi, è solo per cantare e per rallegrare le tue piccole orecchie!

Vederti, baciarti, stringerti, accarezzarti, tormento, tortura, veleno! Mabima, gli odori della tua carne azzannano la mia carne! Mabima, ti voglio! Mabima, non dimenticare la tua promessa!

Mabima

agitatissima.

Quale promessa?

Lanzirica

Qui, qui, su questa bocca mia, fra queste mie braccia, tu, tu, Mabima, mi hai promesso di essere la mia sposa! Non sono dunque più il tuo poeta... il dolce poeta di Fusah?...

Mabima

No! No! Non può essere! Non sarà! Allontànati. Non toccarmi! Perdonami! Dimenticami! Amo Kabango.

Lanzirica

mordendosi le mani.

Non è vero! Non è vero!

Mabima

Sì, sì lo amo! Lo amerò! Saprò meglio amarlo! Lui, lui!

Rimane con gli occhi sbarrati nel vuoto. Lungo silenzio.

Lanzirica

Mi spiego il tuo sentimento. Hai voluto strappare Kabango a tua sorella che lo ama. Tua sorella fu sempre malvagia con te e merita la tua vendetta.

Mabima

No. Io amo Kabango perchè non ha fatto di me la schiava dei suoi piaceri. Egli non mi ha comperata! Pur amandomi pazzamente, egli rispetta le mie idee. Sono per lui un cuore libero. Può contare sulla mia fedeltà senza eunuchi. Ed io sulla sua fedeltà.

Lanzirica

Gli devi anche la gioia di camminare a viso scoperto... come le beduine spudorate, schiave e traditrici! Se ti amasse veramente, egli coprirebbe con mille veli il tuo viso divino! Io lo vorrei per me, tutto per me!

Lungo silenzio — poi con ironia:

Tu dunque ami Kabango!...

Silenzio.

Eppure... molto imprudentemente custodisci nella tua tenda il Sinrun, cioè il tuo rivale più pericoloso, il nemico tuo che ti torturerà fino alla morte.

Mabima

pensosa.

Sì, lo so, quelle pelli cariche di cifre e scritture mi rubano Kabango. Talvolta, sono tentata di bruciarle per avere Kabango tutto per me. Ma subito una tenerezza mi invade; il cuore mi si sfascia d'angoscia e brucio allora me stessa con un solo desiderio: martirizzarmi, annientarmi per lui, il più forte, il più intelligente, il precursore, la grande luce! Anche tu, anche tu, Lanzirica, l'hai ammirato quanto me!... Kabango spesso mi dimentica, lo so. Il suo sguardo talvolta è crudele, ma non ne soffro, poichè basta un suo sorriso a ringiovanire per me l'universo. Subito i sapori, i colori, i profumi della vita si moltiplicano sotto i suoi comandi di sole disinvolto e sicuro.

Mentre Mabima parla, Lanzirica con mosse sornione è penetrato nell'apertura della capanna. Mabima se ne accorge.

Che fai? Che cerchi? Non toccare il Sinrun!... Ah! sento che tu non ami Kabango. Sei pieno di odio per lui.

Lanzirica

Sì, lo odio. Perchè ti amo! E odio anche il tuo custode Bagamoio, quel bruto che passa il suo tempo a spalmarsi di erbe puzzolenti e a spiare tutti i miei movimenti. Il mio amore non ammette ostacoli. Sale impaziente e audace come i serpenti della foresta alla conquista della sua casa. Tu, tu, Mabima!... Ti amo! Ti voglio!

Mabima

Taci! La tua voce m'incatena. Non voglio sentire. Va! Va!

Lanzirica si allontana da Mabima e si corica a pochi passi dalla tenda. Si ode un tam-tam precipitato, poi un canto negro molto ritmato.

Canto negro

Gbákun Gbákun

Dékun Dékun

Gálin Gálin

Balafon.

Entra Kabango. Lo segue un santone negro disseccato, dal viso lucente di lebbra, le mani nere accartocciate e la fronte oppressa da un enorme serpente di legno nero arrotolato. Poichè è cieco, egli si fa guidare per mano dai tre grandi Feticcieri negri delle Messi, della Guerra e della Virilità. Questi, pelle e vesti zebrate di rosso e giallo, seguono Kabango facendo il giro della capanna di Mabima. Entra in scena una fila di negre, ognuna con le mani posate sulle spalle dell'altra, trascinando i piedi in cadenza con grottesca e ostentata solennità. Questa fila indiana fa pure il giro della capanna. Entra in scena una fila di negri che chiude il cerchio delle negre, facendo il giro della capanna in senso inverso. Negri e negre sono maculati di rosso e verde, con geroglifici azzurri. I due grandi cerchi di danzatori e danzatrici si fermano. Ogni negro abbraccia la negra che ha di fronte, e le coppie improvvisate si abbandonano a una danza frenetica in cui le teste e i busti snodati esprimono l'aspro piacere d'un coito simulato dai fianchi e dal ventre.

Kabango

ritto vicino a Mabima davanti alla tenda.

Ecco la mia sposa! Ecco i miei amici! Essi vi ringraziano per l'ospitalità. Hanno dormito sulle stuoie intrecciate dai vostri avi!... Voglio contraccambiare i vostri doni con un dono impagabile. I serpenti vi hanno rubate le case. Ebbene: io vi insegnerò l'arte di vincerli. Vi insegnerò a canalizzare le acque perchè la foresta sia liberata dalla febbre. Vi guarirò tutti. Non dite: questo è il modo dei bianchi! Cercate di creare il modo dei negri, e che sia rispettato dai bianchi! Anche i bianchi ebbero 15 secoli di vita lenta. Poi in un secolo realizzarono il progresso. Come loro, voi dovete uscire dal vostro letargo. Questo letargo è dovuto all'isolamento, al clima torrido e alla terra generosa che non esige sforzi. È dovuto anche al rhum e all'abuso della donna. Non siete certo inferiori ai bianchi. I quindicenni negri valgono i quindicenni bianchi. Farò di voi dei meccanici, dei fabbri, dei costruttori di città. V'ispirerò la volontà di sapere le relazioni che corrono tra il fuoco e l'acqua che bolle nella vostra pentola. Ora voi non vedete che una successione di fatti, un giorno vedrete un rapporto di causa e d'effetto. Credo nella perfettibilità della razza negra. Verrà un giorno in cui i negri penseranno fuori dalle loro sensazioni. Penseranno idee che non si pagano nè servono a pagare, come queste: Bontà, Generosità, Patria, Progresso, Sacrificio, Ideale, Assoluto. Voi oggi non rispettate che la forza. Però se uno batte la propria madre, voi gli gridate: «Non fare così; è male!». Se uno veglia sua madre morente, voi gli dite: «Ciò che fai è bene!». La vostra anima ha un solo modo di esprimersi: la musica. Ma siete musicisti ciechi e muti. I vostri strumenti hanno poche corde. I suoni oggi vi servono per aizzare le vostre danze. Esprimerete un giorno con suoni armonizzati i sentimenti misteriosi che vi tormentano il petto. Tutto vi sarà facile poichè avete avuto la fortuna d'incontrarmi. Io ho perfezionato quel principio di risparmio che si chiama chiteno. Ma lo avete inventato voi! Avete inventato i forni per la fusione del minerale di ferro e il modo di estrarre il sale dalle piante paludose. Siete dunque capaci quanto i bianchi. Li supererete. Dovete uccidere in voi la pigrizia, vizio dei negri. I maschi devono lavorare invece di rimanere i sorveglianti distratti del lavoro delle donne. La superiorità della femmina sul maschio deve cessare. Io che porto in me il sangue degli arabi, dei berberi e dei negri, ho ucciso i vizî di queste razze e ho intensificato in me le loro virtù. Prodigio! Il sangue negro che scorre nelle mie vene, non soltanto rispetta il lavoro, ma lo ama come una voluttà. Non ho come voi imparato dagli Europei l'arte di mentire. Sul lavoro e la sincerità dovete costruire l'orgoglio d'essere negri. Ora un desiderio di prestigio vi attanaglia, al punto di spingervi a rubare qualsiasi simbolo di superiorità: un vetro colorato, un pezzo di stoffa... Questo è male, poichè non bisogna rubare. Ma è anche bene, poichè bisogna amare le cose lontane e difficili. Tutto in voi è come l'acqua torbida: nessun sentimento e poca sensibilità. I bianchi pensano: i negri sono ladri, bisogna derubarli! In fatti voi non rispettate nè la proprietà nè la bellezza nè il dolore. Unico sentimento, l'affetto per la madre! Ma un'altra madre aspetta tutto da voi, e si chiama Africa. La forza, la fame, il desiderio della donna non sono tutta la vita. Vi insegnerò il ricordo di ciò che fu. Poi, vi svelerò la bellezza di ciò che sarà. Acquisterete il senso della profonda differenza che divide gli uomini dagli animali. È perchè non avete questo senso, che siete cannibali e abbandonate alle belve i malati!

Siete a venticinque giorni dalla costa, ma io migliorerò le carovaniere. Dovete togliere ai bianchi il commercio della gomma, della dura, del bestiame, dell'avorio, delle penne di struzzo, dei cuoi, del sesamo e della senna. La pianta del cotone, che dicono egiziana, è originaria della vostra terra! Potreste produrre e vendere duecentomila càntari di cotone, irrigando tutti questi feddan di terra.

Rivolgendosi ai grandi feticcieri che in segno di gioia e di omaggio agitano i fianchi ingonnellati di rumorosi gusci secchi e di conchiglie.

In nome dei miei avi arabi, bèrberi e negri, ti saluto, o Spirito delle Mèssi! Ti saluto, o Spirito della Guerra! Ti saluto, o Spirito della Virilità! O protettori potenti e paterni della tribù Giuma, arricchirò la vostra saggezza, svelandovi il Feticcio dei Feticci, il gran nemico dei serpenti: il Sinrun! Andate e rendetevi degni di conoscere il Mistero.

Vocio confuso. La folla commossa mal contiene il suo entusiasmo. Esita incerta, poi obbedisce e si ritira nella profondità della foresta. Kabango si volta allora verso la capanna, nella cui apertura sta ritta Mabima.

Mabima! Ho iniziato la realizzazione del mio sogno. Risanerò la foresta; guarirò i Giuma.

Mabima

con tenerezza.

Io ti ammiro. Vedo con gioia propagarsi la luce del tuo genio e il calore della tua bontà. Ma dimmi: quale nuovo tormento ti agita? Non temi da consumare la tua vita per ridare la vita a quei malati? Sono tutti divorati dal male, ma ne godono! Non vogliono guarire! Vogliono agonizzare nella febbre inebriante e visionaria che li distrugge. Sono felici di essere spodestati e vinti dai serpenti. Comprendo la loro agonia; mi abbandono anch'io, a poco a poco, al voluttuoso oblio di tutto. Vivo anch'io nell'ombra morbida e vellutata del meravigliante fantasma azzurro che visita ogni notte la foresta: il Ricordo. Non temo più i serpenti. Mi amano e mi difendono. Non temo più la febbre visionaria. Sono una languida febbre d'amore che ricorda i molti tuoi baci passati e ne invoca ancora tanti, tanti.

Kabango

Vieni, Mabima, fra le mie braccia. Lasciami stendere il mio corpo affranto. I tuoi occhi hanno una luce verde più dolce di quella della foresta. Luce queta, sicura e senza serpenti!... Maledetti serpenti! Avevo dimenticata la loro morsicatura!

Mabima

chiamando Lanzirica, che si è allontanato.

Vieni presto a curare Kabango!... E tu adàgiati bene. Aiuterò Lanzirica io stessa. Ho un balsamo per le ferite.

Lanzirica

inginocchiato dopo avere attentamente guardato il piede di Kabango.

Kabango, sei stato morsicato dal Naia nero! Riconosco il suo veleno dalle striature viola che circondano la piaga. Occorre aprire profondamente la carne, senza aspettare.

Kabango

sdraiato.

Taglia pure, senza pietà.

Lanzirica

medicando con Mabima il piede di Kabango.

So improvvisare delle strofe che accarezzano lo spirito e lo distraggono dal dolore fisico. Ascolta!

Gracidatori, Frusciatori, Rombatori.

Fra le liane e i bambù gracida il curacoo!... Ora tace. Le fontane cantano vicine e lontane. Io ne imiterò le cadenze modulando la mia voce. Inebria i tuoi occhi di tutte le sfumature di questo verde infinito. Fissa ogni foglia come se fosse il volto di Mabima. Mescola i tuoi nervi alle fibre vegetali. Incita i tuoi muscoli a gareggiare con la potenza di questi tronchi colossali. Liberati dalla tua coscienza umana. Vegetalizza la tua carne. Imita appassionatamente le curve dei fogliami. Diventa foresta tu stesso, col tuo deserto intorno a te...

Ritto, chiamando a raccolta le anime della Foresta.

Anime vegetali! Venite! Venite! Mescolatevi alla carne di Kabango! Assorbite la sua essenza umana!

Frusciatori, Ronzatori Gorgogliatori.

Ascolta, ascolta, Kabango! Il tuo cuore ronza come un alveare. Le tue vene sono gaie di frulli, trilli, garriti, pigolii e cinguettii. I tuoi muscoli si mutano in ghirlande di lilla, acacia e caprifoglio. Il tuo pensiero pullula come un'acqua fresca che disseta, ma non ragiona. Kabango, distenditi per terra. Vicino a te Mabima profuma l'aria con le sue rose. I suoi capelli sono morbidissimi ciuffi di vaniglia. Ora la tua carne non è più che un vellutato formicolio che ondate di piacere pacificano a poco a poco. La tua anima umana ha un borbottio sonnolento di bimbo in fasce. Ecco... Sei già assorto nel placido ondeggiamento della foresta...

Fiuta la tua pelle. Non ha più l'odore acido e caldo della carne, ma l'effluvio frescacido delle linfe. Sei diventato una galanteria di foglie e fiori offerta alla brezza tua, Mabima, odorosa che ti avviluppa. Il lieve ansare del suo petto rivela la gioia che prova nel sentir salire in se la tua vita. Le sue arterie e le tue vene sono le arterie e le vene mescolate della terra.

Rombatori, Frusciatori, Gracidatori, Gorgogliatori.

Le fontane che gorgogliano in te sono liete di sentirsi belle e buone a nulla. Questa che ti sgorga dal cuore con luccichii vistosi finge di creare dei ruscelli di pensiero. Ma subito si sparpaglia in liquida capigliatura, cantando la sua beata inutilità. Kabango, carne fronzuta, ascolta le tue fontane!... Si chiamano l'una l'altra, accordando insieme le loro voci umane, poco umane, già sovrumane, che deridono l'umanità. Sono ebbre d'esser vane, poichè spesso nessuno le ascolta. Tutte felici se Mabima si avvicina co' suoi serici passi da uccellatore. Mabima anch'essa si disumanizza... Ora si muta in un verde arbusto che s'inchina su di te, su di me, come vuole il vento, poi lento si ricompone in un'estatica immobilità. Talvolta sembrano singhiozzare le tue fontane, o Kabango, ma subito scroscia e scampanella una risata e con mille moine di voci argentine spandono mille e mille perline di allegria agli echi che sono mendichi erranti e orfane bambine smarrite. Salgono in te, Kabango, fontane e fontane di perle, ebbre tutte d'infilarsi sull'unico filo d'argento che ornerà volubilmente sotto la luna il collo di Mabima!...

Kabango

svegliandosi dal suo sogno vegetale.

Taglia, taglia profondamente; spalanca le labbra della piaga.

Lanzirica

Ho tagliato profondamente. Ora purificherò la piaga con questa pietra porosa. Dopo vi introdurrò questo osso calcinato...

Kabango.

Sei un poeta geniale, Lanzirica. Sei riuscito a distrarmi dal lacerante dolore. Ma non conosci tutte le fontane. Queste che cantano ora, soffrono di rimanere tristi e vane come le vene d'un vile. Bisogna canalizzarle perchè dissetino i lavoratori del Sinrun e godano di portare le mercanzie. Pigiate e cullate nelle coffe dei cammelli, le mercanzie attraverseranno il deserto sognando il mare, grande mercante instancabile. Si parte sul mare poveri, e si ritorna ricchi, deridendo gli uccelli che cercano ovunque alberi di navi per riposarsi. Saprò io mutare la forza di queste fontane in velocità di ruote e in luci di lampade più chiare del sole, e in motori che costruiranno motori. Questi, come veri cuori palpiteranno nei nuovissimi uccelli di metallo e tela, capaci di varcare mari deserti senza posarsi mai.

Lanzirica

Vissi un tempo in una bella oasi...

Riprendendo accuratamente la medicazione della piaga.

Tanto bella, che il mare se ne innamorò. Per sedurla, il mare perfezionò le sue musiche vegetali, imitò l'immane intrico degli alberi e delle liane, con un aggrovigliamento di vele e di cordami che avevano per frutta marinai salutanti, e per foglie le loro garrenti nostalgie. In quel porto improvvisato, i pesci guizzavano tra le carene, col lampeggio d'oro e argento che riempie i forzieri dei mercanti. L'oasi non si commosse. Allora il Mare mostrò la sua magnetizzante moneta d'oro: il Sole. Ma l'oasi rifiutò il sole, e preferì morire sotto la sua coltre di sabbie monotone.

Ruggito di leone vicinissimo mediante un Ululatore.

Kabango

scattando.

Bagamoio! Bagamoio!

Bagamoio

Sono qui. Veglio su di te.

Kabango

Dov'è il mio fucile? È pulito?

Bagamoio

L'ho minuziosamente oliato. È carico!

Kabango

Bene. Grazie. Là dove è Bagamoio, c'è forza, sicurezza e fedeltà.

Bagamoio esce dalla capanna, cercando la belva. Kabango fa un movimento come per alzarsi.

Mabìma

lo trattiene a terra.

Non alzarti, Kabango. Il tuo piede è molto ammalato. Non devi camminare. Temo per te gl'insetti e la sabbia.

Ruggiti di leone vicinissimo mediante tre Ululatori.

Bagamoio ci difende! Sarebbe una pazzia affrontare ora una marcia.

Lanzirica

Mabima non reggerebbe alla fatica. Mabima è felice di vivere qui. Nessuno può rapirti il Sinrun. Ti costruirò un letto con quattro rami forcuti piantati in terra e spalmati di zilah, perchè la vipera tricorne non ti addenti nel sonno. È corta, grossa, pericolosissima. Ma so curare le sue morsicature. Quando il tuo piede sarà guarito, riprenderai la marcia. Ricòrdati delle mie parole. Coloro ai quali tu ti sacrifichi non meritano il tuo sacrificio...

Kabango

interrompendolo con uno scatto brutale.

Basta! Taci! Conosco il tuo ritornello. Sei un flauto malinconico, ed io non sono un serpente da addormentare. Sento già la tua voce che riprende la sua nenia: «Kabango, ascolta le fontane!». Macchè fontane! Io ascolto le fontane, le fontane del mio sangue! Non implorano, non piangono. Urlano, imprecano, perchè vogliono slanciarsi in cielo e inondare della loro forza benefica l'Africa adorata! Io li amo tutti, i miei popoli africani! Tu dici che sono indegni del mio sacrificio? Che ne sai tu? Che ne sanno loro? Sognano come te, o vegetano come le piante. Io darò loro la vita sublime del pensiero! Sono stanco di riposarmi. La vita non è qui. Le vie del deserto mi chiamano. Guarirò il mio piede camminando. Va, Lanzirica. Non ho più bisogno di te.

Lanzirica si allontana a testa bassa, rimane un istante immobile, poi gira cautamente dietro alla capanna, e, dopo aver sfiorato Bagamoio che monta la guardia, si accovaccia fra i cactus e le agavi, per ascoltare Kabango e Mabima.

Mabima

coricata vicino a Kabango nell'apertura della capanna.

Ciò che ha detto Lanzirica è falso, Kabango. Ora mi sento rinfrancare. Ti seguirò dove vorrai. Ho tanta forza, Kabango, se tu mi baci!... Baciami. Voglio, io, io, guarire il tuo povero piede. Tanto ti amerò, con baci, baci e tenerezze squisite, finchè tutto ti guarirò. Spalmerò di unguenti la tua piaga...

Entra nella capanna, e ne esce con un canestrino pieno di foglie.

Sono unguenti veramente miracolosi. Me li ha portati in dono, con molta gravità, ieri sera, il capo dei Giuma. E mi ha regalato anche un bellissimo tappeto. Vedrai.

Medicando il piede di Kabango.

Povera carne! Ti brucia? Fra poco non sentirai più dolore, e questa notte potrai dormire placidamente.

Kabango

Non dormiremo, Mabima. Chi dorme nel plenilunio offende la Luna. Già la mia pelle graffiata dal sole e dal pericolo gode sotto la morbida carezza della tua mano. La tua carne è intrisa di primavera e di salute. Credo poco nella scienza di Lanzirica; il mio piede guarirà presto, se tu lo medichi.

Mabima

dopo essere rimasta per qualche istante immobile, assorta nella contemplazione della foresta che le languide cadenze del vento adornano di riflessi preziosi.

Dev'essere molto profonda, questa foresta, e piena di meraviglie. Non ti piacerebbe di regnare sovrano su questa foresta immensa...

3 Frusciatori, poi 1 Rombatore, poi 2 Gracidatori.

e di vivere sempre così?

Cantando.

I rami della palma

sono mani nere che lavano

le sabbie aurifere del cielo

e nel lento lavoro appare

l'oro tremante della luna.

Il vento fa roteare

i rami della palma

come una fionda nera

per scagliare la pietra tagliente della luna

contro il cuore distratto del mare.

Quando il vento tace,

le agavi innalzano

i loro candelabri d'oro

e la luna li accende.

Quando il vento tace,

il mio cuore non ha pace.

Sei felice nelle mie braccia?

Kabango

Felice! Felice!

Mabima

rovesciata all'indietro voluttuosamente.

Ma dimmi: se tu fossi colpito da una grande sventura, il mio amore basterebbe a consolarti?

Kabango

Sì, Mabima.

Mabima

Se i tuoi nemici rubassero il Sinrun, e tu non potessi più realizzarlo?

Kabango

Perchè mi dici questo?

Mabima

Non temere. Le pelli sacre sono lì. Le custodisco io.

Kabango

rasserenandosi.

Sono convinto che se non fossi il creatore del Sinrun tu non mi ameresti come mi ami.

Mabima

Prima ti amai così perchè eri il Capo di tutti. Ora ti amo perchè sei tu, tu, con i tuoi occhi distratti e crudeli e con la tua bocca che mi piace tanto! Vorrei essere con te fuori dalla vita, come due raggi, come due brusii d'insetti.

Kabango

Sì, sì... Ma non posso immaginarmi fuori dal dovere che mi sono imposto: redimere la mia razza!

Mabima

Quanto sono piccola, io, davanti al tuo dovere. Devi disprezzarmi...

Kabango

No, no, Mabima... Ti amo, e ti ho spesso ammirata, come nell'ultima lotta, quando ti svincolasti coraggiosamente dai miei nemici e li mordesti coi tuoi denti.

Coprendo il viso di Mabima di baci affettuosissimi.

Mi piaci, Mabima, ti ho scelto fra tutte. Sei la più bella, sei l'unica, e ti porterò con me senza fermarmi. Mi piace bere ogni giorno alla tua bocca la forza necessaria per continuare la marcia e la lotta. Partiremo domani; ma ora pregusto la notte piena di musiche soavi. Ecco la luna. La foresta beve già la sua luce. Ogni tronco di banano si spalma di argento grasso.

2 Frusciatori, 1 Rombatore.

Mabima

Le sorgenti traboccano di beatitudine come cuori. La luna è un'altissima noce di cocco. Vorrei stringerla fra le braccia.

Kabango

ridendo.

Vuoi che mi arrampichi su, su, per coglierla? Ora si spacca. Guarda. Gronda di latte... Il suo latte si spande.

Mabima

Aspira questo profumo.

Kabango

Lo conosco: sale dal tuo seno.

Mabima

No, no. Ti sbagli. Questo è il profumo dei gelsomini.

Kabango

Ma queste sono gaggie che parlano nel buio.

Mabima

Sì, sì. Ora si sposano coi fiori dell'acacia. Baciami.

Silenzio.

I tuoi baci sono gocce di luna che cadono sul mio cuore. Gocce di luna, oblunghe, oblunghe! Candide, languide, limpide, cadono di tanto in tanto, tintinnando. L'ombra ci guarda come un grande occhio nero innamorato.

Kabango

La luna è tutta aperta dal piacere, e gode.

Mabima

Anch'io sono aperta dal piacere! La foresta è diventata un'arpa immensa di rami e raggi lunari. Le liquide dita delle sorgenti la svegliano arpeggiando. Hanno strappi lenti così dolci...

1 Rombatore e 2 Frusciatori.

Kabango

Perchè tremi?... Sono piccoli uccelli verdi che i negri chiamano foliotocol. I fogliami ne sono pieni e ondeggiano come scrigni trasparenti pieni di smeraldi animati. Il brusio della foresta acqueta finalmente il mio sangue.

5 Frusciatori.

Mabima

Baciami! Baciami! Disseta la mia carne, Kabango!... Baciami! Sono tua... tua!...

Kabango

I nostri baci ingelosiranno i fiori, e le belle farfalle che hanno ali dipinte d'inviti amorosi, e gli uccelli che gareggiano per sedurre la notte, e i profumi deliranti che viaggiano come messaggi d'amore, e anche le stelle, che sono parole d'amore cristallizzate.

Mabima

Quanto sei poeta, Kabango! Preferisco le strofe che improvvisi per me, a tutte quelle di Lanzirica.

Kabango

Lanzirica ha uno spirito invischiato nelle scritture. Non è un poeta. È un medico, cioè il suddito devoto della regina Malattia! Troverò per te altre strofe d'amore, perchè la nostra notte sia colma d'ogni delizia. Sarà la notte più bella, forse l'ultima!

Mabima

Cosa hai?

Kabango

Ho sussultato involontariamente. Lunghi brividi fanno spasimare la foresta. Non temo nulla. Una forza lieta mi gonfia il cuore. Ma sento che non avremo forse più una notte d'amore come questa.

Mabima

entra nella capanna, e ne esce con un piccolo tappeto fra le mani.

Guarda! Guarda com'è bello! La luce cede alle ombre della notte. Non puoi vedere le meraviglie degli ornamenti. Senti, che morbidezza contenta! È vivo, questo tappeto; quasi respira. Contiene i palpiti dei tessitori che lo formarono sognando di riposarvisi sopra. Ha la sofficità di cento mandre d'agnelli e la gemente dolcezza dei loro belati. È più leggero degli uccelli. Contiene anche piume di rondini. Guarda come hanno ben ricamato con fili d'oro questa grande aquila, simile a quelle che tu ami. Questa però è ferma sulle ali, nel cielo della felicità. Forse incontrò il suo Kabango! Vi sono ricami che fingono colonne, portici e fontane.

Kabango

seguendo incuriosito la descrizione di Mabima.

2 Frusciatori.

Riposeremo bene, su questo tappeto che sembra il riassunto di una reggia. Se non fossi Kabango, questo tappeto sostituirebbe per me una città. Per Lanzirica, che è un sognatore imbelle, potrebbe tener luogo di sposa, con le sue svariate carezze per la pelle e coi suoi scintillii di pupille amorose. Io posso concedere a questo tappeto una sola delle mie notti, poichè preferisco appoggiar la testa sulle pelli del Sinrun.

Un grido lacera la penombra verde.

Kabango

scatta in piedi, fuori dalla capanna.

Chi è che urla così? Bagamoio, dove sei? Bagamoio! Bagamoio!

Gira rapidamente intorno alla capanna e si ferma stupito davanti ai corpi di Bagamoio e Lanzirica, stretti in una lotta feroce.

Che fai, Bagamoio? Fèrmati!

Lanzirica si sottrae agilmente, carponi, alla ferocia di Bagamoio.

Bagamoio

si rialza deluso, esitante, fissi gli occhi su Mabima che lo guarda spaventata. Egli sembra spinto dalla propria devozione a denunciare l'amore di Lanzirica per Mabima, ma si trattiene.

Non andare in collera, Kabango. Avevamo una questione antica da chiarire! La chiarirò un'altra volta.

Lanzirica

a Bagamoio.

Ippopotamo fangoso, speravi di capovolgermi come una piroga!

Non dimenticare il succo dell'euforbia velenosa! È tutto per te.

Bagamoio

feroce.

Temo molto di più quell'astuccio d'argento che porti alla cintura come una pistola, e contiene un inchiostro falso come il tuo sangue!...

A Kabango.

Lanzirica mi odia perchè sono un ignorante. Pretende che ci si può fidare dei Giuma. Io sono convinto che tu non debba fidarti di loro. Nulla mi sfugge, Kabango! Credimi, essi congiurano contro di te! Ho visto poco fa i loro capi, appiattati lì, nella casa abbandonata. Dicono che tu hai portato nuove febbri, chiuse nelle ghirbe. Ti uccideranno, Kabango. Non passare la notte in questo luogo. Partiamo subito. Sorreggerò io stesso Mabima, e quando sarà stanca la porterò io stesso sulle mie spalle.

Kabango

rimane pochi istanti assorto, poi con voce lenta.

Credo in te, Bagamoio.

A Lanzirica.

Taci! Partiamo, Bagamoio!

Bagamoio

comincia a raccogliere i sacchi mentre Mabima entra nella capanna seguita da Lanzirica.

Conviene far presto, prima che la luna scompaia. Seguiremo la pista degli elefanti.

Trattenendosi per non balzare dalla gioia.

Felicità! Felicità! Sono un po' ebbro per la gioia di andar via. Ho finito di lottare con le mosche furù! Non voglio, per Allah! morire gonfiato e tatuato dal croco e dalle pulci scic! Maledetta foresta tignosa, pidocchiosa, piena di vaiolo nero e di colera! Benedette le strade salubri del deserto!

Cambiando voce, come per una subitanea sorpresa.

Kabango, vieni! Guarda!

Kabango si avvicina alla capanna.

Due serpenti! Guarda! Si sono annodati sulle corde. Non cedono. Sembrano d'acciaio!

Mabima

uscendo dalla capanna dietro a Lanzirica, al quale si aggrappa con moti convulsi.

No! No! Rendimi le pelli sacre!

Ma il terrore dei serpenti la ferma; e rimane perplessa, con gli occhi fissi su Lanzirica, che nasconde il Sinrun sul petto, fra le pieghe della sua galabieh.

Bagamoio

con un balzo indietro.

Guàrdati alle spalle, Kabango! Altri serpenti tra i rami ti minacciano! Col calcio del fucile li ucciderò.

6 Frusciatori.

Kabango

Siamo assaliti da tutte le parti. Lassù! Sono centinaia! Maledetto buio! Tutti gli alberi ne sono pieni! Non si vede più il cielo fra i rami. Siamo sotto una vôlta di serpenti! Bagamoio! Presto! cerchiamo un varco!

Bagamoio

Tra le agavi e i cactus. Ho trovato! Sono sicuro. Non si sono ancora allacciati. Ne ho già uccisi tre col calcio del fucile. Ma sono molti!... molti!... Attenti alle spalle!... Ah! preferirei lottare coi leoni, sulle dune!

8 Frusciatori.

Kabango

lottando coi serpenti accanto a Bagamoio mentre Mabima e Lanzirica trasportano grosse pietre e le ammucchiano dietro di loro.

Bagamoio, delle pietre! Portami delle pietre! Schiaccia le teste! Mabima, non lasciarti prendere nelle spire dei serpenti! Bagamoio, fa come me! Lascia stare il fucile! Schiacciali con le pietre! Pigliali per la coda con la mano sinistra, e fulmineamente rovescia con la destra le tasche di veleno, dalla testa in giù.

Buio macchiato di corpi neri. Si vede un confuso gesticolare di corpi, con a quando a quando le voci di Kabango e di Bagamoio che si chiamano.

Kabango

Bagamoio! non preoccuparti delle liane che ci frustano la schiena richiudendosi dietro di noi!

10 Frusciatori.

Bagamoio

Kabango! Kabango!

L'intermezzo musicale descrive successivamente la nera e tumultuosa lotta contro i serpenti, il verde brillante dell'alba, il verde dorato del meriggio, sino al rosso cupo del tramonto sulle sabbie, all'orlo della foresta.

ATTO III.

LA PISTA DEGLI ELEFANTI

TONO DOMINANTE: ROSSO CUPO

Intonarumori: Rombatori, Ululatori, Sibilatori,

Trombarriti e Frusciatori, Crepitatori,Scoppiatori.

Vittoria sanguinosa dell'ideale umano che balza dall'uomo morente all'uomo vivo attraverso le ostilità accanite della materia. Grande varco aperto dagli elefanti all'orlo della foresta. A sinistra formidabile intrico di tronchi spaccati, altissimi fieni, folte canne da zucchero e liane. A destra le rovine delle tre tombe dei Ras Giuma. In fondo il deserto arroventato da un tramonto aggressivo tutto criniere e carne macellata.

Lanzirica

a Kabango che sorregge Mabima.

Usciamo presto dalla pista degli elefanti.

Mabima

Qui non c'è pericolo. Bisogna esplorare bene il deserto prima di uscire dalla foresta.

Lanzirica

I Giuma mi hanno dichiarato ieri che la mandra è vicina. Più di cento elefanti! Sono in foia e perciò feroci!

Kabango

Infatti il mese di giugno è il mese dei loro amori. Non senti, Bagamoio, l'acre fetore delle loro glandole auricolari?

Bagamoio

Sento.

Lanzirica

Possono da un momento all'altro slanciarsi fuori della foresta. Logicamente seguiranno la pista già scavata.

Bagamoio

Ma che pista scavata! Gli elefanti sono creatori di strade.

Mabima

Lungo lo stagno ho visto il loro cibo preferito, la typha, in grande quantità, con foglie magnifiche larghe più di una lama di sciabola... E molte canne da zucchero... Qui, la mandra si è fermata a lungo.

Lanzirica

Ci tornerà. Guarda, Mabima, queste pallottole di terra argillosa. Sono le pillole purgative che gli elefanti da veri igienisti si preparano con le zampe. A giudicare dai mucchi di escrementi la mandra è numerosissima. Hanno sfasciato tutto.

Mostrando le tombe crollate, i tronchi spaccati e i cespugli calpestati.

Ascolta! i loro barriti spaventosi!

6 Trombarriti.

Bagamoio

Ah! ah! che suono lacerato! Stonano come le trombe lunghe di Nicassa!

Una pausa.

Sono le proboscidi che soffiano così.

Kabango

3 Frusciatori, 3 Crepitatori, 3 Scoppiatori.

Strano! Sembrano le soffiate di mille freni ad aria compressa.

Bagamoio

Ora tutte le proboscidi della mandra sono nel fiume. Finiranno col berlo tutto con questo lavoro di pompe affannate.

Mabima

Se gli elefanti sono nel fiume, sono dunque vicini!

Bagamoio

Non temere, Mabima. Si divertiranno nel fiume, fino a notte alta. Amano giuocare e capriolare come ragazzi nell'acqua. Del resto, tre chilometri ci separano dal guado. In caso di pericolo ci accovacceremo sotto quelle piante spinose che gli elefanti rispettano quanto noi.

Lanzirica

ironico.

Avremo certamente il tempo di preparare dei lacci per i loro piedi, scavare fossati e anche mascherarli con fogliami. Poi disporremo i nostri elefanti domestici e i nostri battitori per imprigionare tutta la mandra nei parchi d'allevamento!

Bagamoio

Io ho spesso cacciato gli elefanti. Non li temo. Hanno la vista corta e so colpirli nei loro tre punti mortali: cuore, cervello o spina dorsale.

Kabango

con voce cupa.

Non abbiamo più cartucce.

Lanzirica

Non servirebbero a nulla, le cartucce. Gli elefanti assaggiano il vento con la proboscide e appena fiutata la presenza dell'uomo caricano in massa compatta e accecano tutto con potenti soffiate di sabbia. Il più veloce dei cavalieri non se la caverebbe. A buon conto voglio incendiare quei cespugli secchi. Metteremo così una barriera insormontabile tra loro e noi.

Lanzirica si alza e comincia a dar fuoco ai cespugli.

Kabango

scattando in piedi.

Chi sono quegli uomini che fuggono?

Passano correndo nel fondo della scena quattro negri armati di fucile. Sembrano terrorizzati. L'ultimo si butta in un cespuglio a capo fitto.

Mabima

Sono cacciatori Giuma.

Kabango e Bagamoio corrono vicino a Lanzirica e lo aiutano ad accendere i cespugli che divampano.

Lanzirica

con terrore.

Gli elefanti! Gli elefanti! Gli elefanti!

Kabango

Non gridare come un vile e accendi! Accendi presto i cespugli!

Lanzirica

Non ho paura, Kabango, ma certo essi non si fermeranno davanti ai nostri fuochi. Sono più di cento... Senti l'urto spaventoso delle loro fronti quadrate contro i tronchi! Eccoli, eccoli! Li vedo. Caricano, proboscide alzata, barrendo.

6 Trombarriti, 6 Crepitatori, 6 Scoppiatori.

Kabango

Non tremare, li vedo anch'io. Si fermeranno, devono fermarsi davanti ai nostri fuochi. Che meraviglioso spettacolo!

Bagamoio

Sono esasperati dalla resistenza dei baobab... I piedi sollevati da terra si inarcano... Le proboscidi si allacciano come braccia di lottatori...

Lanzirica

Il più grande calpesta il suolo con rabbia...

Mabima

Cosa mai ha afferrato? Sembra un uomo, quel groviglio nero in cima alla proboscide!

Kabango

Sì, sì. Un uomo col fucile. Lo sbatte contro terra!... Ecco! Si fermano. I nostri fuochi li hanno spaventati... Collaudano il terreno con le zampe anteriori e con la proboscide.

6 Trombarriti.

Bagamoio

Kabango, Kabango, riconosco questo barrito speciale! Rassomiglia a un suono di corno. È il barrito del capo della mandra.

Mabima

Ora voltano tutti la groppa. Sia lodato Allah!

Kabango

Altro che suono di corno! Sembra il crollo d'un palazzo di cristallo... Tutti seguono il capo della mandra. Rientrano nella foresta.

Lanzirica

Siamo salvi!

Lunga pausa

Mabima

Ma quelle forme laggiù non sono elefanti! Sono vecchie muraglie che corrono. È dunque vera la profezia di Goko: Un giorno la città di Bab-el-Giuma si metterà in moto con le sue case, le sue rovine irte di serpenti e uscirà dalla foresta.

Kabango

Non smarrirti nel fumo delle superstizioni. Ciò che tu prendi per ruderi impennati e muraglie galoppanti non sono altro che elefanti in fuga. Quelle sono proboscidi! I serpenti di Bab-el-Giuma sono lontani! Il frastuono diminuisce... Ma io odo un altro rumore misterioso. Un rullo di tamburo lontanissimo. Ora s'avvicina...

Rullo di tamburi mediante 2 Ululatori e 2 Sibilatori. Battiti marcati, legati da un continuo rimbombo funereo. Kabango ascolta per alcuni istanti, poi s'avanza carponi verso il fondo della scena per spiare fra gli alberi il deserto sempre più arroventato dal tramonto e da misteriosi incendî.

Che gioia! È mio fratello, mio fratello che giunge! Riconosco il suono tipico del suo tamburo...

Vedrai, Mabima, il suo tamburo di guerra! È enorme! La sua armatura di rame è ornata di lunghe frange con pendagli d'oro!... Si ode il suo rumore a venti chilometri di distanza. Ha dei suonatori speciali che vi scatenano sopra mani e piedi freneticamente, agitandosi e danzando. Quattro, cinque, e spesso otto suonatori! A quando a quando, con grandi colpi di reni, essi cacciano contro la pelle sonora le loro teste impazzite dalla gioia. Allora, senti!... senti!... ottengono queste belle note profonde.

Mabima

Su quella duna! Lo vedo... È veramente enorme! Scintilla tutto d'oro. Sembra arroventarsi per la gioia di vibrare, inondando le dune coi suoi pendagli sonori.

Kabango

sta in ascolto; poi, scattando con gioia.

Benedetto, benedetto sia mio fratello! Egli accorre per salvare il Sinrun e anche me, poichè mi ama. Avrà chiamato a raccolta tutte le tribù fedeli. Sono molte. Mabima, guarda! Mio fratello è là che viene. Perchè sei triste, Mabima?... Non provi anche tu un'immensa gioia?

Mabima

Non oso crederci, Kabango... Sarebbe troppo bella, la vita! Io sento ancora su di noi il sibilo tremendo dei serpenti e l'ombra velenosa della foresta.

Bagamoio

a Lanzirica.

Perchè ridi?

Lanzirica

Rido della vostra ingenuità! Kabango s'illude. Non è il tamburo di suo fratello. Questo è il tamburo di Nicassa!

Bagamoio

Come lo sai? Come lo sai? Traditore!

Si scaglia contro Lanzirica, che cade nella sabbia.

Kabango

voltandosi.

Fèrmati, Bagamoio! Fèrmati!

Bagamoio

si stacca dal corpo immobile di Lanzirica, si rialza lentamente, rimane per un istante assorto, poi scoppia in una risata.

Ho medicato il tuo medico, Kabango! Ora è guarito definitivamente. Ha terminato la sua ignobile vita di coccodrillo in agguato nel fango!... Perdonami se non ti ho domandato il permesso di ucciderlo.

Poi di scatto.

Questo non è il tamburo di tuo fratello. Sono i nostri nemici! Hanno ritrovato le nostre tracce! Lanzirica ti ha tradito!... Lui!... lui! E ti ha rubato il Sinrun.

Rullo di tamburi mediante 3 Ululatori e 3 Sibilatori.

Kabango

Che dici?

Bagamoio

Guarda!

Apre la galabieh di Lanzirica morto e mostra le pelli del Sinrun insanguinate.

Kabango

le afferra, le guarda attentamente, le bacia, poi si volge inferocito a Mabima.

Come?

Mabima

terrorizzata.

Kabango! Perdonami! Ho avuto torto! Le ho consegnate io a Lanzirica. Mi fidavo di lui.

Kabango

a Mabima, irruente.

No! No! Tu non dici la verità! Tu non hai potuto consegnare le pelli sacre a Lanzirica! È lui che te le ha rubate!

Mabima

No! no!

Kabango

Lanzirica te le ha rubate, e tu hai taciuto! Mi sei dunque nemica anche tu?! Perchè?... Perchè?...

Mabima

Kabango! Kabango!... Io ti amo! Non amo che te! Sono pazza, pazza d'amore per te!

Rullo di tamburi mediante 3 Ululatori e 3 Sibilatori.

Kabango

contraendo la bocca ad un sorriso amaro.

Tu non ami il Sinrun!

Respinge Mabima.

Lo so!

Mabima

Kabango! Kabango, perdonami!... Non ho saputo amarti! Sono gelosa, gelosa, gelosa del Sinrun!... Uccidimi! Sono una donna!... Non valgo nulla!...

Si accovaccia piangendo.

Bagamoio

Kabango! Tutti i varchi della foresta sono bloccati! Hanno incendiati gli accampamenti dei Giuma! Bruciati i Campi d'orzo! Razziati i villaggi!

Rullo di tamburi mediante 4 Sibilatori e 4 Ululatori.

Kabango

Bagamoio, non sgomentarti!... Non sporgerti fuori dagli alberi. Bisogna salvare il Sinrun! Se il mio destino m'impone di sacrificarmi, mi sacrificherò. Abbiamo dietro di noi la minaccia dei serpenti e degli elefanti! E davanti a noi l'orda dei miei beneficati traditori! Ma il mio cervello è ancor pieno di astuzie sottili! Io non posso proseguire. La mia gamba è quasi morta. Il veleno l'ha tutta invasa. Bagamoio, ti consegno le pelli sacre del Sinrun, perchè tu, con le tue mani, le consegni a mio fratello.

Bagamoio

Farò ciò che tu mi comandi. Ma tu, come ti salverai?

Kabango

Non mi salverò. Anzi, attirerò contro di me tutti i loro odî rapaci. Morrò sotto i loro colpi. Mi colpiranno subito al cuore, ma esiteranno prima di frugare il mio cadavere. So che mi temono anche morto, e il mio cadavere squartato li terrorizzerà ancora col suo fuoco e la sua luce, come un vulcano. Sarà tanto di guadagnato per il Sinrun.

Mentre in cerchio mi contempleranno finalmente morto, senza osare toccarmi, tu potrai correre, correre a tutta velocità, appiattandoti di tanto in tanto nella sabbia, e senza fermarti giungerai nell'oasi di mio fratello.

Rullo di tamburi mediante 5 Sibilatori e 5 Ululatori.

Bagamoio

Sono sicuro, sicuro di giungervi! Non temere! Ho muscoli d'acciaio. Basta che io possa scivolar giù fino al letto dell'Uadi senza essere colpito. Vedi, Kabango, quelle piante arsicce fra i sassi rossi. Basta che io non sia colpito sul sentiero scoperto!

Kabango

Stringi bene sul petto le pelli del Sinrun.

Bagamoio

Le ho già legate sulle mie costole. Sono quasi incastrate dentro. Dovrò poi lacerarmi la carne per consegnarle a tuo fratello. Vuoi che salvi anche Mabima?

Mabima

No, no, non voglio lasciarti, Kabango!

Bagamoio

Ascolta, Kabango... Posso, se vuoi, condurla con me. Se la fortuna sorride a me, sorriderà anche a lei. La nasconderò in un burrone dell'Uadi, e tornerò di notte a riprenderla.

Mabima

No! No! No, Kabango!

Bagamoio

I tamburi si avvicinano!

6 Ululatori e 6 Sibilatori.

Vedi!... Lassù, sulla cresta di quella duna, dove il sole sta per scomparire, c'è un formicolio di forme nere e vermiglie, che bolle come un mosto. Battono, battono sul loro infernale tamburo! Che vili! Vorrebbero adunare altre tribù. Non si sentono sufficientemente numerosi. Certo, i muezzin predicano contro di te dall'alto dei minareti!

Kabango

assorto.

Questo rullo, è il rullo del Sole, tamburo infernale, eterno eccitatore e massacratore dei sogni sovrumani!...

Bagamoio

Rabbia!... I loro urli mi danno il vomito! Strepitano come rospi rimpinzati di luna... Li affetterei e mangerei come cocomeri diacci! Sanno che non puoi sfuggire ai loro colpi e pregustano la conquista del Sinrun! Sperano di portarlo in giro a suon di tube, pifferi e derbuke, sparando a cavallo e facendo la fantasia! Ah! Ah! Non avranno il Sinrun! Non l'avranno mai! Il Sinrun è mio, mio, mio, carne della mia carne!... Kabango, devo partire?

Kabango

No, aspetta. Fra poco. Prepàrati ad un lungo slancio di tigre giù per la china, quando mi ergerò su questa cresta, fuori dagli alberi. Subito mi riconosceranno per la mia statura. Tutti gli occhi e tutti i fucili saranno puntati su di me. Allora tu, pronto, scatterai giù pel sentiero senza fermarti. Curvo, pancia a terra, radendo il suolo! Che non ti si veda! Come un fumo veloce! Comprendi? E senza fermarti! Ti si dovesse schiantare il cuore!

Bagamoio

Ho il cuore di uno struzzo, io! Cuore di cavallo arabo! Cuore di dromedario! Non si schianterà, sta sicuro! Sono Bagamoio, il corridore! Il rullo del tamburo e il fuoco del sole frusteranno i miei garretti. Grazie, Kabango, per l'alto onore che mi hai concesso!

Bagamoio viene verso la ribalta e si mette nella posa tesa in avanti di un corridore che aspetta il segnale di partenza.

Kabango

a Mabima che lo abbraccia teneramente.

Non ho voluto che tu fuggissi con Bagamoio, per non ritardare la sua corsa, che deve essere velocissima, senza riposo. Ti amo, Mabima. Baciami, e aiutami con un ultimo bacio ad amare, più che te, il Sinrun!

Mabima

Sono felice di morire con te per salvare ciò che ami più di me. Ora incomincia la notte ideale di cui mi parlavi nella foresta. Notte eterna, profumata e illuminata di fortune alte e definitive nel placido letto della morte. Tutti i giacigli della terra sono inadatti all'amore. Gemono sotto l'amplesso dei corpi, come belve schiacciate e gementi. I giacigli di foglie dell'oasi scricchiolano come passi di ladri. I giacigli dei ricchi sono pieni di gemme impertinenti che spiano. Ricordi i nostri primi baci nella lunga barca dai cento rematori?

Kabango

Ricordo. Il vento del mare ci docciava con le perle del sudore dei rematori. Erano tutti lieti di offrirti la loro forza devota!

Mabima

Ma tu ti trattenevi dal baciarmi per non offenderli!...

Silenzio.

Kabango, il letto della morte è muto, infinito, senza distrazioni, nè testimoni.

Scoppia in pianto.

Kabango

Perchè piangi?... Non piangere, non tremare così. Povera Mabima!...

Lungo silenzio.

Ascoltami. Io sono già staccato dalla terra. Ma tu sei la primavera! Tu appartieni alla terra! Devi vivere! Va con Bagamoio.

Mabima

No! No! Non disprezzarmi così. Non sono vile davanti alla morte. Il rimorso, soltanto il rimorso mi fa tremare. Non ho saputo custodire il Sinrun! Ecco l'irreparabile!... Ora tu non mi guardi più con gli occhi di ieri, pieni di fede! Ah! se potessi abolire ciò che fu! Tu meritavi tutto, tutto l'amore! Ed io non ho saputo amarti.

Lungo silenzio.

Non ho saputo! Perdonami.

Si getta a terra, scioglie la benda dal piede di Kabango e incolla la bocca sulla piaga avidamente.

Kabango

cercando di svincolare la sua gamba dalle braccia di Mabima.

No! No! Mabima.

Mabima

avvinta alla gamba di Kabango, staccando la bocca dalla piaga e volgendo gli occhi in alto, felici.

Ah! Ho bevuto tutto, tutto il tuo perdono! Grazie!

Kabango

trascinando Mabima, si avanza tra gli alberi, sulla cresta della duna.

Vieni Mabima! Il pugno del Destino è chiuso!

Agita in alto le braccia. Urli forsennati, lontani e vicini, accolgono la sua apparizione gesticolante. Mabima si è tutta distesa con la bocca sul piede ferito di Kabango. Scoppia la prima scarica di fucileria. Rullo di tamburi mediante 8 Ululatori e 8 Sibilatori.

Vi compiango, vi compiango! Non sono neanche ferito! Speravo di avervi insegnata l'arte di colpire al cuore le vecchie idee e le vecchie cose. Ma io non sono una vecchia idea!... Sono un giovane bersaglio vivo che spaventa i proiettili! Vi vantavate di conoscere quanto me le precisioni matematiche. Siete rimasti, quali eravate, i piccoli ingegneri invidiosi, cultori tradizionali di tubercolosi, sifilide, lebbra e tracoma africani! Sempre la stessa indecisione balorda! Precisate dunque il vostro tiro! Non temo la morte, poichè i miei fedeli, coloro che amano il Sinrun, continueranno audacemente la grande opera mia!

Kabango ferito si aggrappa al tronco di un albero e vi appoggia la schiena, rimanendo ritto, col pugno teso contro gli assalitori.

Venite! Venite avanti!

Volta la faccia verso Bagamoio.

Bagamoio

cacciandosi giù per la china.

Addio!

Seconda scarica di fucileria. Kabango oscilla. A destra e a sinistra, nel fondo della scena quasi buia, un formicolare di ombre armate di fucili, stringe a poco a poco il suo cerchio minaccioso, ma terrorizzato e cauto, intorno a Kabango che tende il pugno.

Bagamoio

invisibile, dal fondo dell'Uadi.

Kabango! Kabango! Il Sinrun è salvo!

Kabango crolla. Allora, come per un'intesa comune, quelle ombre armate di fucili si precipitano su Kabango, col furore di un assalto ad un vivo.